Vente du Jeudi 4 Décembre 1873.

SALLE N° 3.

FAÏENCES ITALIENNES

PORCELAINES

Meubles —— Bronzes

TENTURES

Exposition publique : Le Mercredi 3 Décembre 1873

Mᵉ CHARLES PILLET,
Commissaire-Priseur,
10, rue de la Grange-Batelière.

MM. DHIOS et GEORGE,
Experts
33, rue Lepeletier.

EXEMPLAIRE DE DHIOS

Copie du Bordereau

66 - grand plat ——————— 6

37 - 1 plat 10

5 - 2 vases faïence —— 44 revendus

3 - grand plat —————— 7

45 - grand plat —————— 43

2 candélabres ... 28

CATALOGUE

DE

FAIENCES ANCIENNES

DE

Castelli, Urbino, Gubbio, Pesaro, Delft

TRÈS-GRAND VASE ÉTRUSQUE

PORCELAINES DE CHINE ET DU JAPON

MEUBLES

Crédence sculptée — Grand Meuble Louis XIII

Tables et Commodes Louis XVI en marqueterie — Jolis Meubles style Louis XV

Chenets Louis XIV et Louis XV en bronze doré

BELLE TENTURE :

Cinq panneaux brodés sur filet époque Louis XIII

DONT LA VENTE AURA LIEU

HOTEL DROUOT, Salle n° 3

Le Jeudi 4 Décembre 1873

A deux heures.

Par le ministère de Mᵉ CHARLES PILLET, Commissaire-Priseur,
10, rue de la Grange-Batelière,

Assisté de MM. DHIOS et GEORGE, Experts, 33, rue Lepeletier,

Chez lesquels se trouve le présent Catalogue.

EXPOSITION PUBLIQUE : *Le Mercredi 3 Décembre 1873*

DE 1 HEURE A 5 HEURES

CONDITIONS DE LA VENTE

Elle sera faite au comptant.

Les acquéreurs payeront, en sus des adjudications, *cinq pour cent* applicables aux frais.

L'exposition mettant le public à même de se rendre compte de l'état des objets, il ne sera admis aucune réclamation une fois l'adjudication prononcée.

Paris. — Imprimerie PILLET fils aîné, 5, rue des Grands-Augustins.

DÉSIGNATION

FAIENCES DE CASTELLI

1 — CASTELLI. Deux vases à piédouches et à couvercles, décorés de figures bibliques dans des paysages, de mascarons et de fruitages.

2 — Très-grand plat décoré d'un sujet représentant un Moine adorant la sainte Trinité.

3 — Grand vase à piédouches avec anses à serpents, orné de sujets tirés de la *Vie de l'Enfant prodigue*. Signé sur la panse F. M. Doiz. F. Sous le piédouche : inscription, marque de fabrique et date 1758.

4 — Grand plat rond, décoré de palais en ruines ; bordure à blason et arabesques.

5 — Autre grand plat : le Cheval de Troie, bordure décorée d'un blason, de figures et d'animaux.

6 — Grand plat : figure de sainte dans un médaillon.

7 — Plateau à piédouche, décoré d'un Amour endormi
près d'un temple.

8 — Soupière avec plateau et couvercle, décor à paysages. —

9 — Saladier à lobes, décoré d'un paysage avec forte-
resse dans une île et petites figures.

10 — Coupe décorée d'un paysage avec palais à colonnes en
ruines.

11 — Autre avec figures de villageois près d'un temple.

12 — Coupe à lobes, décor à paysage et architecture.

13 — Autre avec blason de cardinal.

14 — Plat décoré de figures mythologiques : Daphné
changée en laurier, bordure à rinceaux.

15 — Deux cruches à couvercles décorées de blasons.

16 — Deux autres semblables.

17 — Grand plat rond décoré d'un sujet : marche d'ar-
mée, bordure à trophées d'armes, cadre doré.

18 — Grand plat rond, curieux décor d'oiseaux avec animal
fantastique au centre, cadre octogone noir et or.

19 — Autre grand plat décoré d'un animal chimérique.

20-21 — Deux plaques en pendants : Abel offrant un sacrifice au Seigneur et Caïn tuant son frère.

22-27 — Six plaques rectangulaires représentant des sujets historiques et des batailles. Encadrements noir et or.

28 — Trois pièces : théière, tasse avec soucoupe et sucrier; décor à paysages et figures.

29 — Buire à couvercle; décor à paysage.

30 — Trois autres buires de même faïence.

FAIENCES ITALIENNES

DE DIVERSES FABRIQUES

31 — Urbino. Grand plat ovale, décor d'animaux chimériques au milieu d'arabesques.

32 — Autre plat ovale, avec figures d'Amour, encadré d'arabesques

33 — Plat creux décoré d'un sujet représentant la Déposition de la croix. Inscription au revers et la date 1510. Initiale X.

34 — Coupe ronde à piédouche et à lobes; au centre, médaillon à portrait de femme, entouré d'arabesques.

35 — Deux plateaux à salières.

36 — Plat rond à piédouche; figure d'Amour, bordure d'arabesques.

37 — Autre plus petit.

38 — Deux grands vases rouleaux; décor à branchage et fruitage avec inscription.

39 — Une salière ovale, anses formées d'enfants tenant des coquilles.

40 — Vase avec anses à feuillages, décoré sur la panse des sujets du Sacrifice d'Abraham et du Sommeil de Jacob.

41 — GUBBIO. — Plat rond à reflets, avec un sujet en relief au centre; Saint adorant le Christ en croix. — Marque au revers.

42 — Autre plat à reflet : le petit saint Jean.

43 — SAVONE. — Vase avec anses droites à têtes d'animaux, orné de mascarons en relief et décoré de figures de satyres et de pastorales en camaïeu bleu.

44 — PESARO. — Quatre plats décorés de fleurs sur fond blanc.

45 — PESARO. — Grand plat rond à figure de guerrier.

46 — CAFFAGIOLO. — Vase forme bouteille, décoré d'un médaillon à portrait de jeune femme et inscription.

47 — CASTEL-DURANTE. — Coupe à piédouche et à lobes, décorée d'arabesques encadrant un enfant nu assis. — Cadre noir.

48 — Deux grandes bouteilles ornées de médaillons à sujets mythologiques.

49 — DELFT. — Quatre belles plaques en ancienne faïence de Delft; décor polychrome à sujets chinois.

50 — Trois potiches à couvercles en faïence de Delft. Décor bleu.

51 — AVIGNON. — Buire en terre brune.

52 — Buste de philosophe en faïence brune.

53 — Un plat hispano-arabe à reflets.

54 — Deux vases à piédouche et à couvercle en ancienne faïence italienne, décorés de vues de villes et de guirlandes de fleurs en relief. Marque G. B.

55 — Deux grands vases à fleurs, forme Médicis, décorés de fleurs et branchages.

56 — Vase à deux anses décoré d'oiseaux.

57 — Deux vases, forme ovoïde, à goulots et anses formées de dauphins; armoiries sur la panse.

58 — Deux vases à têtes de béliers et pampres en relief. —

59 — Deux plateaux à arabesques bleues et blason polychrome.

60 — Deux plats, personnage oriental et cavalier.

61 — Deux très-grands plateaux, décor bleu à figure et
blason sur fond blanc.

62 — Six vases à goulots et anses doubles ; décor bleu. —

63 — Deux vases à couvercles, anses à torsades, décor à
figures chinoises.

64 — Grande terrine, décor à fleurs et fruits. —

65 — Deux plats ovales à reflets or sur fond blanc.

66 — Cinq plats de formes et de décors variés. —

67 — Petit plateau à bord contourné, ornements et arabesques sur fond bleu.

68 — Deux vases à anse et goulot, décor en camaïeu
bleu.

69 — Six vases à anses et goulots de diverses dimensions et
variés de décor.

70 — Cinq cornets de diverses dimensions.

71 — Quatre cornets, décor bleu.

72 — Quatre autres.

73 — Petite bouteille à reflets, monture en cuivre argenté.

74 — TRÈS-GRAND VASE ÉTRUSQUE de forme ovoïde à deux anses, décoré d'un côté d'une course de chevaux, de l'autre d'une figure drapée tenant un bouclier.

PORCELAINES
DE LA CHINE & DU JAPON

75 — Deux très-grandes potiches à couvercles en ancienne porcelaine de Chine, fond bleu lapis rehaussé d'ornements dorés.

76 — Très-grande soupière à couvercle en vieux Japon, décor bleu, rouge et or.

77 — Grand plat en vieux Japon.

78 — Deux vases en ancienne porcelaine de Chine, décor à fleurs en émaux de couleurs sur fond blanc. Belle qualité.

79 — Deux potiches en Japon; décor bleu à branchages.

80 — Soupière à anses détachées en porcelaine de Saxe.

MEUBLES ET BRONZES

81 — GRAND ET BEAU MEUBLE Louis XIII à portes pleines, orné de figures sculptées : l'Annonciation, et de belles colonnes supportant une corniche à mascarons et fruits, etc.

82 — CRÉDENCE en bois sculpté, riche ornementation à portraits, animaux chimériques, moulures, etc.; elle est garnie d'anciennes ferrures.

83-84 — DEUX TRÈS-BEAUX MEUBLES à hauteur d'appui en bois rose, à portes vitrées, forme Louis XV; dessus en marbre brèche.

85 — BELLE COMMODE en palissandre et bois rose, ornée de médaillon à trophée, de frises et rinceaux en marqueterie de Maggiolini.

86 — AUTRE COMMODE analogue à la précédente.

87 — TABLE DE NUIT de même ornementation et de même travail.

88 — Autre semblable.

89 — TABLE EN MARQUETERIE de bois avec dessus à rosaces.

90 — MEUBLE Louis XIII à deux corps et à portes pleines en noyer à moulures et à colonnes torses.

91 — GRAND ET BEAU SOUFFLET en bois sculpté, orné d'un sujet en haut-relief représentant un chevalier blessé secouru par une châtelaine et par deux pages; travail du XVIᵉ siècle.

92 — DEUX BEAUX ET GRANDS CHENETS du temps de Louis XVI en bronze ciselé et doré; modèle à vases et têtes de béliers.

93 — PAIRE DE CHENETS Louis XIV en bronze ciselé et doré, modèle de Boule à sphinx.

TENTURE LOUIS XIII

94-98 — BELLE TENTURE LOUIS XIII composée de cinq panneaux en broderie de soie sur point de filet, riche ornementation à têtes de mascarons, rinceaux, arabesques, fleurs de lis et colonnes.

www.ingramcontent.com/pod-product-compliance
Lightning Source LLC
LaVergne TN
LVHW021619170726
843501LV00010B/4058